Кораблик поэтов

КОРАБЛИК ПОЭТОВ

Ирина Токмакова

КАРУСЕЛЬ

РИПОЛ
КЛАССИК

Москва, 2010

ГОЛУБАЯ СТРАНА

А я рано утром залез на сосну,
Я видел вдали голубую страну,
Голубых людей,
Голубых лошадей,
Голубых-голубых индюков.

А я поздно вечером влез на сосну,
Я видел вдали золотую страну,
Золотых людей,
Золотых лошадей,
Золотых-золотых индюков.

А если б я ночью залез на сосну,
Увидел бы я никакую страну,
Никаких людей,
Никаких лошадей,
Никаких-никаких индюков.

ЖДУ

Как пятница долго тянется.
Я не играю. Жду.
Друг мне сказал: — В пятницу
Я непременно приду.
И вот уже очень поздно,
И мама велела спать.
Но он же совсем взрослый —
Не мог он неправду сказать!

НИЧЬЯ КОШКА

Это ничья кошка,
Имени нет у неё.
У выбитого окошка
Какое ей тут житьё?
Холодно ей и сыро.
У кошки лапа болит.
А взять её в квартиру
Кузьминична не велит.

КЛЮЧИ ОТ ЛЕСА

За речкой лес. Далёкий лес.
Туда спешу с утра я.
Ключи несу. И все в лесу
Калитки отпираю.

Глазами я могу, друзья,
Открыть колючий ельник,
Калины цвет, лосиный след,
Грибы и можжевельник.

И тишину я отомкну.
Услышу птичье пенье.
И в вышине берёзы мне
Прочтут стихотворенье.

Чтоб лес открыть,
Нужна не прыть,
Нужны глаза и уши.
Мои ключи: смотри, молчи
И примечай. И слушай.

8

УСНИ-ТРАВА

Дальний лес стоит стеной,
А в лесу, в глуши лесной,
На суку сидит сова.
Там растёт усни-трава.
Говорят, усни-трава
Знает сонные слова;
Как шепнёт свои слова,
Сразу никнет голова.
Я сегодня у совы
Попрошу такой травы:
Пусть тебе усни-трава
Скажет сонные слова.

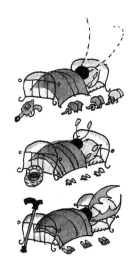

МЕДВЕДЬ

Как на горке — снег, снег,
И под горкой — снег, снег,
И на ёлке — снег, снег,
А под снегом спит медведь.
Тише, тише… Не шуметь.

ВОЛШЕБНЫЕ ПЕРЬЯ

Волшебные перья, несите меня,
Несите, как будто я небу родня,
Несите, как лёгонький пух от цветка,
Как лодочку высохшего листка,
Как будто я шарик — и в небо лечу,
Как будто я звёзды почистить хочу.
Несите, как будто я мотылёк
И путь мой прозрачный до неба далёк.
Волшебные перья, несите меня,
Но только обратно спустите меня.
Пускай я на землю под утро вернусь,
В знакомой кроватке наутро проснусь.

ВЕСНА

К нам весна шагает
Быстрыми шагами,
И сугробы тают
Под её ногами.
Чёрные проталины
На полях видны.
Верно, очень тёплые
Ноги у весны.

ВЕРБА

Под соснами — проталинки,
Там снег растаял первым.
А сколько зайцев маленьких
Сидят на листьях вербы!
Они не сходят вниз.
Они боятся лис?

ВЕСЕННЯЯ КАРТИНКА

Воздух воробьиный и синичий,
Говор, гомон, свист и щебет птичий.

В лёгоньком пушке берёзы крона.
На верхушке — смелая ворона.
Первой травки выглянувший стебель.
Белый голубь в синем-синем небе.

Ручеёк, бегущий по канавке.
Две бабуси у крыльца, на лавке.

Солнышки мать-мачехи на взгорке.
На носу веснушки у Егорки.

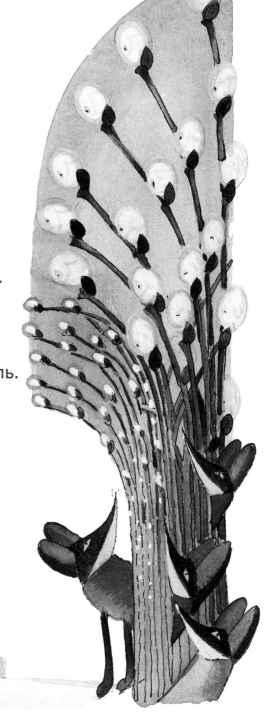

Я СЛЫШАЛ!

Я ненавижу Тарасова:
Он застрелил лосиху.
Я слышал, как он рассказывал,
Хоть он говорил тихо.

Теперь лосёнка губастого
Кто же в лесу накормит?
Я ненавижу Тарасова.
Пусть он домой уходит!

ТУМАН

Кто-то ночью утащил лес.
Был он вечером, а утром исчез!
Не осталось ни пенька, ни куста,
Только белая кругом пустота.
Где же прячутся птица и зверь?
И куда ж за грибами теперь?

ПЛИМ

Ложка — это ложка,
Ложкой суп едят.
Кошка — это кошка,
У кошки семь котят.
Тряпка — это тряпка,
Тряпкой вытрут стол.
Шапка — это шапка,
Оделся и пошёл.
А я придумал слово,
Смешное слово — плим.
Я повторяю снова:
Плим, плим, плим!
Вот прыгает и скачет
Плим, плим, плим!
И ничего не значит
Плим, плим, плим.

КАША

Ну-ка, ну-ка, ну ли!
Не ворчите вы, кастрюли!
Не ворчите, не шипите,
Кашу сладкую варите.
Кашу сладкую варите,
Наших деток накормите.

АЙ ДА СУП!

Глубоко — не мелко,
Корабли в тарелках:
Луку головка,
Красная морковка,
Петрушка,
Картошка,
И крупки немножко.
Вот кораблик плывёт,
Заплывает прямо в рот!

ДЕСЯТЬ ПТИЧЕК — СТАЙКА

Пой-ка, подпевай-ка:
Десять птичек — стайка.
Эта птичка — соловей,
Эта птичка — воробей,
Эта птичка — совушка,
Сонная головушка.
Эта птичка — свиристель,
Эта птичка — коростель,
Эта птичка — скворушка,
Серенькое пёрышко.
Эта — зяблик,
Эта — стриж.
Эта — развесёлый чиж.
Ну а эта — злой орлан.
Птички, птички, — по домам!

ДЕРЕВЬЯ

ИВА

Возле речки, у обрыва,
Плачет ива, плачет ива.
Может, ей кого-то жалко?
Может, ей на солнце жарко?
Может, ветер шаловливый
За косичку дёрнул иву?
Может, ива хочет пить?
Может, нам пойти спросить?

ДУБ

Дуб дождя и ветра
Вовсе не боится.
Кто сказал, что дубу
Страшно простудиться?
Ведь до поздней осени
Он стоит зелёный.
Значит, дуб выносливый,
Значит, закалённый.

ЕЛИ

Ели на опушке —
До небес макушки
Слушают, молчат,
Смотрят на внучат.
А внучата — ёлочки,
Тонкие иголочки —
У лесных ворот
Водят хоровод.

ЯБЛОНЬКА

Маленькая яблонька
У меня в саду,
Белая-пребелая,
Вся стоит в цвету.
Я надела платьице
С белою каймой.
Маленькая яблонька,
Подружись со мной!

РЯБИНА

Красненькую ягодку
Мне дала рябина.
Думал я, что сладкую,
А она — как хина.
То ли эта ягодка
Просто недозрела,
То ль рябина хитрая
Подшутить хотела?

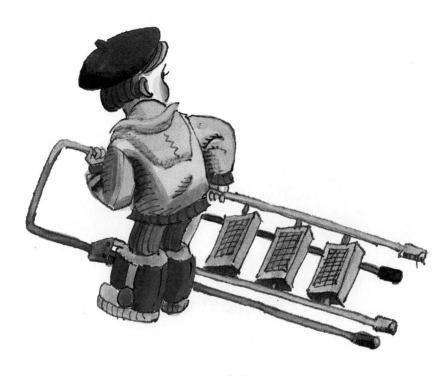

СКАЗКИ

СКАЗКА ПРО ПОНЧИКИ

Дама червей
Утром в кухне своей
Испекла королевские пончики
Для знатных гостей
Самых разных мастей,
Положив их студить на балкончике.

Вскоре гости пришли:
Дамы и короли
И трефовые и бубновые.
Все в парче и мехах,
Разодетые в прах
И закутаны в мантии новые.

Тут король наш червей
Крикнул даме своей:
— Погляди, кто пожаловал в гости к нам!
Сам к столу подавал,
Даже сам разливал
Вкусный суп из телячьих хвостиков.
А червонный валет,
Восемнадцати лет,
Утащил их и съел в одиночестве.
И никто не видал,
И никто не сказал:
«Как не стыдно вам, Ваше Высочество!»

Весь обед королева была весела,
Обглодала подряд два индюшьих крыла,
Запивая французским бульончиком,
А потом приказа валету червей
Королевский десерт принести поскорей
И попотчевать каждого пончиком.

Но, вернувшись, валет
Доложил: — Их там нет,
Видно, их утащили разбойники.
Я искал на полу,
Шарил в каждом углу,
На столе, в сундуке, в рукомойнике.
Впрочем, может быть, кот,
Что в подвале живёт, —
Вы об этом подумайте сами, —
Верно, он их и съел:
На меня он глядел,
Шевеля виновато усами.

— Постыдись-ка, валет,
Ты несёшь сущий бред,
Ведь коты не питаются пончиками.
И, заметить позволь, —
Крикнул с сердцем король,
Им не надо беретов с помпончиками!

Эй, позвать сюда слуг,
Да поставить всех в круг,
Сам я буду вести разбирательство.
Знаю я, кто украл,
Крошки все подобрал,
Да осталось одно обстоятельство.
Так случилось, что вор,
Позабыв про позор,
Подбородок платочком не вытер,
А ему на беду,
У людей на виду
Весь сироп от варенья и вытек!
Тут все стали глядеть,
Головами вертеть,
Будто вора не видели с роду,
А валет наш червей
Трёт сильней и сильней
Неиспачканный свой подбородок.

Королева, крича:
— Эй, позвать палача! —
Каблуками стучала от злости.
И не знали, как быть,
Надо ль есть или пить,
Все её королевские гости.
Но король речь держал,
Горячо возражал
Против смертной валетовой казни:
— Раз уж пончиков нет,
То червонный валет
Вряд ли что сотворит безобразней!

34

Пусть червонный валет
Ближних несколько лет
Гложет только горелую корку.
А на завтрашний день
Принесите ремень
Да задайте хорошую порку.

ВЕЧЕРНЯЯ СКАЗКА

Я целый день бродил в лесу.
Смотрю — уж вечер на носу,
На небе солнца больше нет,
Остался только красный след.
Примолкли ели. Дуб уснул.
Во мгле орешник потонул.
Затихла сонная сосна.
И наступила тишина:
И клёст молчит, и дрозд молчит,
И дятел больше не стучит.

Вдруг слышу — ухнула сова,
Да так, что вздрогнула листва:
— Уху!
Уходит время зря,
Потухла на небе заря.
Давай утащим крикуна,
Пока не вылезла луна.
Другая буркнула в ответ:
— Я не доела свой обед.
И снова первая:
— Уху!
Ты вечно мелешь чепуху!
Мы не успеем долететь:
Ведь могут двери запереть.
Бросай обед, летим сейчас,
Возьмём его, и кончен сказ.
Раздвинул ветки я плечом
И крикнул: — Совы, вы о чём?
Почистив клюв, одна из них
Мне отвечала за двоих:

—На свете странный мальчик есть.
Он сам умеет кашу есть,
Линкор умеет рисовать
И злых собак дрессировать.
Но только скажут: «Спать пора»,
Он рёв заводит до утра:
«Не гасите
Огня,
Не просите
Меня,
Всё равно
Не усну,
Всю постель
Переверну,
Не желаю,
Не могу,
Лучше к совам
Убегу...»
Мы рассудили: так и так,
Раз этот маленький чудак
Ночами не желает спать,
Ему совёнком надо стать.
В дупло мальчишку принесём,
Пять страшных слов произнесём,
Дадим волшебную траву
И превратим его в сову.
Тут совы с места поднялись
И в тьму ночную унеслись.
Я знал, куда они летят,
Кого заколдовать хотят!

Ведь это Женька, мой сосед,
Ему пять с половиной лет,
И он все ночи напролёт
Кричит, буянит и ревёт:
«Не гасите
Огня,
Не просите
Меня,
Всё равно
Не усну,
Всю постель
Переверну,
Не желаю,
Не могу,
Лучше к совам
Убегу...»

Как этих сов опередить?
Как Женьку мне предупредить?
Никто не сможет мне помочь:
Совсем темно, настала ночь.
Тумана дымка поднялась,
На небе звёздочка зажглась...
Я дятла кинулся будить:
— Послушай, дятел, как мне быть?
Мой лучший друг попал в беду,
А я дороги не найду...
Подумал дятел, помолчал
И головою покачал:
— Никак ума не приложу,
Слетаю мышку разбужу.
Сейчас же прибежала мышь
И пропищала: — Что грустишь?
Ведь мой знакомый старый крот
Прорыл прямой подземный ход.
Ты можешь прямиком идти,
Там не собьёшься ты с пути.

И, несмотря на темноту,
Бегом помчался я к кроту.
Но здесь опять ждала беда:
Ход шириною был с крота!
Ну как в дорогу я пущусь,
Когда я в нём не умещусь?
Придётся поверху брести.
Да как во тьме тропу найти?
Тут не помогут мне очки...
Но дятел крикнул:
— Светлячки!
И прилетели светлячки,
Такие добрые жучки,
И сразу отступила мгла,
И я помчался как стрела,
Как скороход,
Как вертолёт,
Как реактивный самолёт!

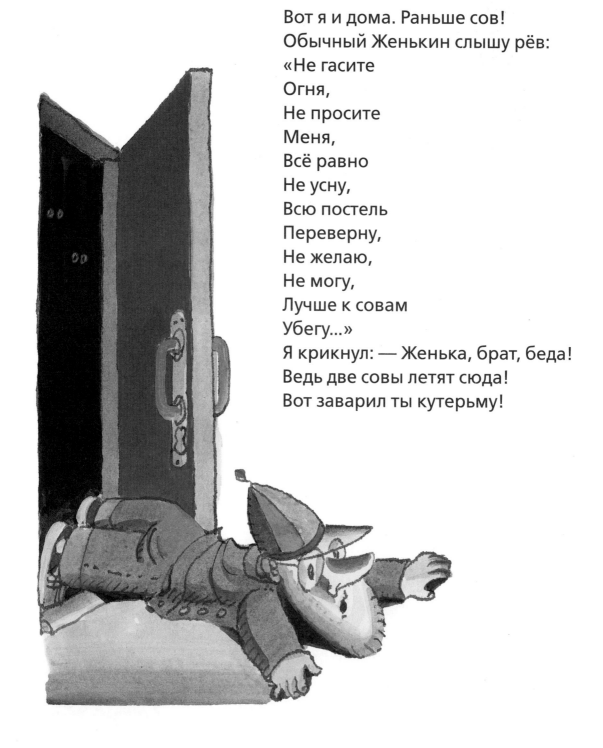

Вот я и дома. Раньше сов!
Обычный Женькин слышу рёв:
«Не гасите
Огня,
Не просите
Меня,
Всё равно
Не усну,
Всю постель
Переверну,
Не желаю,
Не могу,
Лучше к совам
Убегу...»
Я крикнул: — Женька, брат, беда!
Ведь две совы летят сюда!
Вот заварил ты кутерьму!

И всё я рассказал ему.
И Женька сразу замолчал,
Как будто в жизни не кричал.
И больше он по вечерам
Не поднимает тарарам.
Как только скажут: «Спать пора»,
Он засыпает до утра.
А совы по ночам не спят:
Капризных стерегут ребят.

БУКВАРИНСК

Был на речке на Чернильной
Город маленький, не пыльный,
С незапамятных времен
Букваринском звался он.
Там, не ведая невзгод,
Очень славный жил народ:
Хлебосольный, незлобивый,
Дружный и трудолюбивый.

А — аптекарь,

Б — бочар,

В — валяльщик,

Г — гончар,

Д — дробильщик здоровенный,

Е — ефрейтор, он военный,

Ж — жестянщик-простачок,

З — закройщик-старичок,

И — историк бородатый,

К — красильщик франтоватый,

46

Л — лудильщик,

М — маляр,

Н — носильщик,

О — овчар,

П — писатель,

Р — радист,

С — сапожник,

Т — турист,

У — бесстрашный укротитель,

Ф — чудак фотолюбитель,

Х — художник-баталист,

Ц — известный цимбалист,

Ч — чудесный часовщик,

Ш — шофер, большой шутник,

48

Щ  — щенок его Букетик,

Ю — юрист.

Э — электрик-энергетик,

А дальше

Я — это я, мои друзья!

СКАЗКА ПРО САЗАНЧИКА

Жил Сазанчик в приветливой речке.
Жил он в самом уютном местечке,
Где качалась прохладная мгла
И трава золотая росла.
Утром солнце всходило зеленое —
Солнце доброе, не раскалённое,
Зайчик солнечный плыл по волне,
Было тихо в речной глубине,
Вниз скользил водяной паучок

На прозрачной невидимой нитке,
Проползали бесшумно улитки,
Пятясь, шёл пучеглазый рачок,
А на дне, среди мягкого ила,
Всякой всячины множество было:
Червячки, червяки, червячищи…
Словом, лучше еды и не сыщешь!

Жил Сазанчик в приветливой речке;
Прогуляться любил недалечко:
В камышовую рощу мохнатую,
На речную полянку покатую,
Где трава, и тростник, и песок,
И весла голубого кусок.

Как-то раз плыл Сазанчик неспешно.
А куда, сам не знал он, конечно.
Было тихо в речной глубине,
Зайчик солнечный плыл по волне,
И зеленое солнце светило,
И Сазанчику радостно было.
Только — кто там нырнул в глубину,
Серой тенью метнулся по дну?
Оказалось, большая Лягушка,
Подплыла, зашептала на ушко:
— В речке, братец, плохое житьё,
Ерунда и еда и питьё!
Знал бы ты про чудесные страны,
Где еще не бывали сазаны.
Комаров там несметные тучи,
Мошек всяких и мушек летучих!
Не успел оглянуться — и сыт.
Тёплый дождик с утра моросит,
На траве, как на мягкой перинке,
На боку полежишь и на спинке.
Вот туда бы ты переселился,
То-то пожил бы, повеселился!

Стало скучно Сазанчику в речке,
Неуютно в уютном местечке.
Он подумал: «Чего же мне ждать,
В глупой речке зачем пропадать?»
И куда-то поплыл за Лягушкой,
Большеротой хвастуньей-квакушкой.
А навстречу ему Окунёк:
— Эй, Сазанчик, тебе невдомёк:
Рыбам жить можно только в реке,
Пропадешь от реки вдалеке!

Но Сазанчик махнул плавником
И не стал говорить с Окуньком.
Вот и берег. Большая страна
Над спокойною гладью видна.
И Сазанчик глядит, не дыша:
До чего же земля хороша —
Заросла камышом и осокой,
Небосвод голубой и высокий,
Сколько мошек и мушек летучих,
И комариков — целые тучи!
И огромные бабочки есть.
Можно целую тысячу съесть!

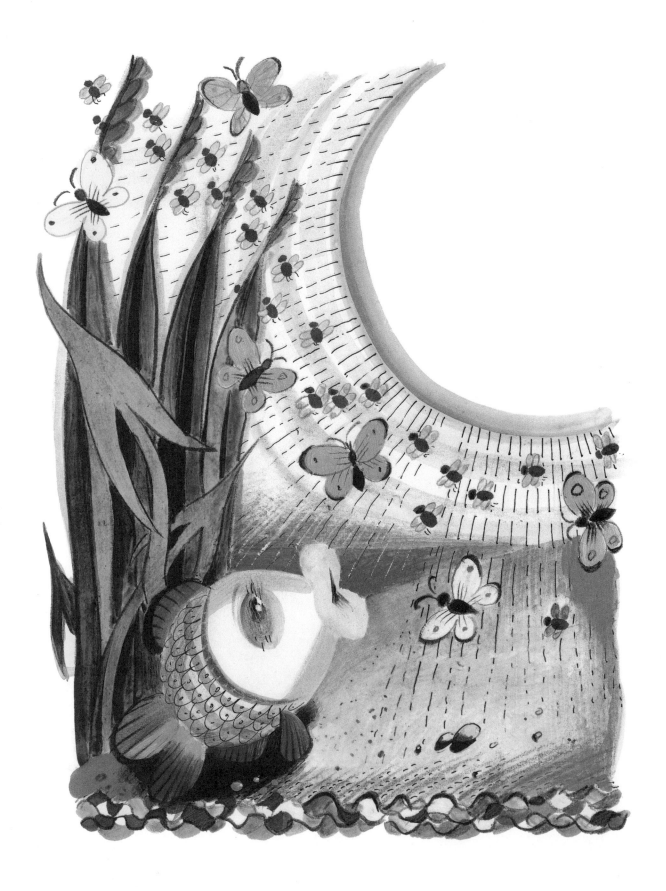

* * *

Ускакала куда-то Лягушка,
Поспешила, наверно, к подружкам.
А Сазанчик подпрыгнул разок
И упал на горячий песок.
Солнце светит огромное, жгучее,
Душным зноем и сушит и мучает,
Нет ни тени, ни ветерка,
И осока-трава так жестка!
Эх, Сазанчик, попал он в беду —
Даже думать забыл про еду!

* * *

Стал Сазанчик метаться и биться,
Шепчет: «Надо домой возвратиться,
В камышовую рощу мохнатую,
На речную полянку покатую,
Где трава, и тростник, и песок,
И весла голубого кусок».
Еле-еле до речки добрался,
Сам не помнит, как жив он остался.
А в реке — столько свежей воды,
А в реке — столько вкусной еды!
Светит доброе солнце зелёное,
Не горячее, не раскалённое,
И трава золотая растет...
И счастливый Сазанчик плывет!

РАЗГОВОРЫ

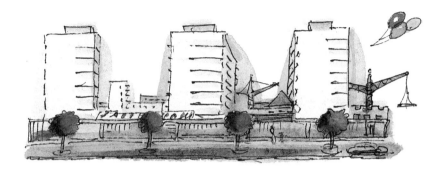

РАЗГОВОРЫ ВЕТРА И ОСИНОК

— Здравствуй, Ветер!
Ветер, здравствуй,
Ты куда летишь, вихрастый,
Что поднялся до зари?
Погоди, поговори!
— Я спешу, Осинки, в город,
Я несу приветов ворох,
Должен их сегодня сам
Разнести по адресам.
Площадям и переулкам,
Фонарям, тоннелям гулким,
Перекрёсткам и домам
Я приветы передам
От тропинок и дорожек,
От рябинок-тонконожек,
От калиновых кустов,
От малиновок, дроздов.
Чтобы город стал весенним,
Чтоб пришло туда веселье,
Чтоб запахло там весной,
Светлой радостью лесной!

РАЗГОВОР БОЛЬШОЙ ЕЛИ И МУШКИ

— Ты кому, большая Ёлка,
В небе пасмурном киваешь?
И не ты ли втихомолку
Тучи с тучами сшиваешь?

— Что ты, глупенькая Мушка,
Я не шью и не тачаю.
Я тихонько на верхушке
Ветер маленький качаю.

ПЕСЕНКА ДУБОВЫХ СЕЯНЦЕВ

Ты росток,
И я росток,
Раз — листок,
И два — листок,
Подрастём ещё чуток,
И — чего же проще!
Ты — дубок,
И я — дубок,
Станем рядом бок о бок,
Вот и будет роща!

РАЗГОВОР ПРИДОРОЖНЫХ ТРАВ — ТАТАРНИКА И СПОРЫША

— Твой цветочек, братец Спорыш,
Недомерок и заморыш.
То ли дело я цвету,
Людям видно за версту!
— Я не спорю, брат Татарник,
Ты большой, почти кустарник,
Ты — богач,
А я — бедняк…
Я — целебный,
Ты — сорняк!

61

ПЕРЕВОДЫ И ПЕРЕСКАЗЫ

Из армянской народной поэзии

ВЕСНА ПРИШЛА

— Аист, аист!
— Лаг-лаг-лаг!
— Ты летишь с лиловых гор?
Ты кому несёшь платочек?
Мне платочек?
— Лаг-лаг-лаг!
— Завтра я его надёну.
Рано утром выйду в горы
И пойду весне навстречу.
Ладно, аист?
— Лаг-лаг-лаг!

ГДЕ НОЧУЕТ СОЛНЦЕ?

— Где ночует солнце?
— У бабушки в постельке.
— А кто его бабушка?
— Синее небо.
— Чем оно укроется?
— Шерстяной тучкой.
— А кто его укроет?
— Дедушка-ветер.

КОЗОЧКА

— Что случилось, козочка?
— Я споткнулась, матушка!
— Где споткнулась, козочка?
— Возле речки, матушка!
— Обо что же, козочка?
— О травинку, матушка!
— Ведь неправда, козочка!
— Ме-ме-ме-ме, матушка!

ЛАСТОЧКА

Ласточка — тивит-тивит —
К нам летит!
Ах, к нам летит!
А под крылышком её
Весна сидит,
Ах, весна сидит!

ПЕР-ПРОСТАК

Пошёл на рынок Пер-простак,
Фаллери-лери-ли!
Пошёл на рынок Пер-простак,
Фаллери-лири-ли!
Корову отдал он за так,
Купил он скрипку за пятак,
Тепрь на ней играет так:
Фаллери-лери-ли!

66

КОРАБЛИК

У речки плачет Ляссе —
Случилась с ним беда:
Исчез его кораблик
Неведомо куда.
Ты свой кораблик, Ляссе,
Напрасно не ищи:
На нём уплыли в море
Уклейки и лещи.

ЕДЕМ, ЕДЕМ НА ЛОШАДКЕ

Едем, едем на лошадке
По дорожке гладкой.
В гости нас звала принцесса
Кушать пудинг сладкий.
Мы приехали к обеду,
А принцессы дома нету.
Две собачки у порога
Нам сказали очень строго:
— Ав-ав-ав!
— Гав-гав-гав!

ВОРОНЫ

На ворота три вороны сели в ряд,
На воротах три вороны говорят:
— Полетим-ка в Данию, в дальний край.
Для вороны в Дании — рай, рай, рай,
Там сапожки для вороны
Продаются за три кроны,
Купим там сапожки
И согреем ножки!

МЫ ПОШЛИ ПО ЕЛЬНИКУ

Мы пошли по ельнику, ельнику,
Мы пришли на мельницу к мельнику.
Нам навстречу из ворот
Вышел чёрный-чёрный кот.
Говорит он: — Мельник нынче
В гости вас совсем не ждёт!

ЧУДАК

Там, на холмах, сидит чудак,
Сидит и дует так и сяк.
Он дует вверх,
Он дует в бок,
Он дует вдоль и поперёк,
Он дует утром и в обед,
С меня сдувает тёплый плед,
Сдувает плед, несёт к холмам —
Погреться, видно, хочет сам!

ПТИЧКИ

У нас босые ножки,
Мы в облака летим, летим.
Мы там себе сапожки
Купить хотим, купить хотим.
Здесь, на земле, сапожник
Не стал их шить, не стал нам шить,
Сказал он: «Птичкам можно
И так прожить, и так прожить».

ФОРЕЛЬ

Я семь недель ловил форель,
Не мог её поймать я.
Я весь промок и весь продрог,
И всё порвал я платье.
Ловил в лесах, ловил в садах,
Ловил я даже в печке.
И что ж? форель все семь недель
Скрывалась, братцы, в речке.

СЕРЫЙ КРОТ

Вот серый крот,
Вот серый крот,
Вот серый-серый-серый крот.
Он не красавец, не урод,
Он просто серый-серый крот.

КУПИТЕ ЛУК

Купите лук, зелёный лук,
Петрушку и морковку!
Купите нашу девочку,
Шалунью и плутовку!
Не нужен нам зелёный лук,
Петрушка и морковка.
Нужна нам только девочка,
Шалунья и плутовка!

ЛОШАДКА ПОНИ

Мою лошадку пони
Зовут Малютка Грей.
Соседка наша в город
Поехала на ней.
Она её хлестала
И палкой и кнутом,
И под гору и в гору
Гнала её бегом.
Не дам ей больше пони
Ни нынче, ни потом.
Пускай хоть все соседи
Придут просить о том!

КРОШКА ВИЛЛИ ВИНКИ

Крошка Вилли Винки
Ходит и глядит:
Кто не снял ботинки?
Кто ещё не спит?
Стукнет вдруг в окошко
Или дунет в щель:
Вилли Винки крошка

Лечь велит в постель.
Где ты, Вилли Винки?
Влезь-ка к нам в окно.
Кошка на перинке
Спит уже давно.
Спят в конюшне кони,
Начал пёс дремать.
Только мальчик Джонни
Не ложится спать.

СОДЕРЖАНИЕ

УДК 82-1-93
ББК 84(2Рос=Рус)6-5
    Т51

Токмакова, И. П.

Т51   Карусель / И. П. Токмакова ; [худ. Л. А. Токмаков]. — М. : РИПОЛ классик,
2010. — 80 с. : ил. — (Кораблик поэтов).

ISBN 978-5-386-02291-4

УДК 82-1-93
ББК 84(2Рос=Рус)6-5

Литературно-художественное издание
Для дошкольного и младшего возраста

Кораблик поэтов

Токмакова Ирина Петровна

Карусель

Генеральный директор издательства *С. М. Макаренков*

Выпускающий редактор *Е. А. Крылова*
Художник *Л. А. Токмаков*
Компьютерная верстка: *С. А. Бузилкин*
Корректор *Т. Е. Антонова*
Изготовление макета: *ООО «Прогресс РК»*

Подписано в печать 25.05.2010 г.
Формат 84×108/16. Гарнитура «FreeSet» Печ. л. 5,0
Тираж 5000 экз.
Заказ № 3517

Адрес электронной почты: info@ripol.ru
Сайт в Интернете: www.ripol.ru

ООО Группа Компаний «РИПОЛ классик»
109147, г. Москва, ул. Большая Андроньевская, д. 23

Отпечатано в типографии ООО «КубаньПечать».
350059, г. Краснодар, ул. Уральская, 98/2.

ISBN 978-5-386-02291-4